给萨宾，

同时，给莫妮卡一个大大的拥抱。她喜欢用有趣的声音朗读，虽然不一定都对。

2011.2.11
　　2009.12.00
2003.2.15

2008.10.32
　　2008.11.00

图书在版编目（CIP）数据

没有书的图书馆 /（英）梅林著绘；柳漾译. — 武汉：长江少年儿童出版社，2016.3
（海豚绘本花园）
书名原文：The ghost library
ISBN 978-7-5560-3759-9

Ⅰ. ①没… Ⅱ. ①梅… ②柳… Ⅲ. ①儿童文学—图画故事—英国—现代 Ⅳ. ①I561.85

中国版本图书馆CIP数据核字(2016)第001058号
著作权合同登记号：图字 17-2015-134

没有书的图书馆

［英］大卫·梅林／著·绘　柳漾／译
责任编辑／傅一新　佟一　周婧文
装帧设计／肖茜　美术编辑／刘菲
出版发行／长江少年儿童出版社
经销／全国新华书店
印刷／当纳利（广东）印务有限公司
开本／889×1194　1／16
印张／2.75
印次／2016年3月第1版，2021年7月第7次印刷
书号／ISBN 978-7-5560-3759-9
定价／28.00元

策划／海豚传媒股份有限公司　网址／www.dolphinmedia.cn　邮箱／dolphinmedia@vip.163.com
阅读咨询热线／027-87391723　销售热线／027-87396822
海豚传媒常年法律顾问／湖北珞珈律师事务所　王清 027-68754966-227

THE GHOST LIBRARY

By David Melling
First published in 2004 by Hodder Children's Books. This edition published in 2013 by Hodder Children's Books.
Text and illustrations copyright © David Melling 2004.
The right of David Melling to be identified as the author and illustrator of this Work has been asserted by him in accordance with the Copyright, Designs and Patents Act 1988.
All rights reserved.
Simplified Chinese copyright© 2021 by DOLPHIN MEDIA Co., Ltd.
本书中文简体字版权经英国Hodder Children's Books授予海豚传媒股份有限公司，由长江少年儿童出版社独家出版发行。
版权所有，侵权必究。

本书归幽灵图书馆所有，午夜之前必须归还。

没有书的图书馆

［英］大卫·梅林／著·绘

柳 漾／译

长江出版传媒 | 长江少年儿童出版社

波波早早地上床了。

可她一点儿也不困，她决定读一读最喜欢的书。

这本书很棒——讲了一个臭脚女巫的故事。

波波读到正精彩的部分——草莓味的袜子时，突然……

......灯熄了！

波波打了个冷战。

黑暗中有人小声地说话。

"我什么都看不见！"

"它就在这儿的某个地方！"

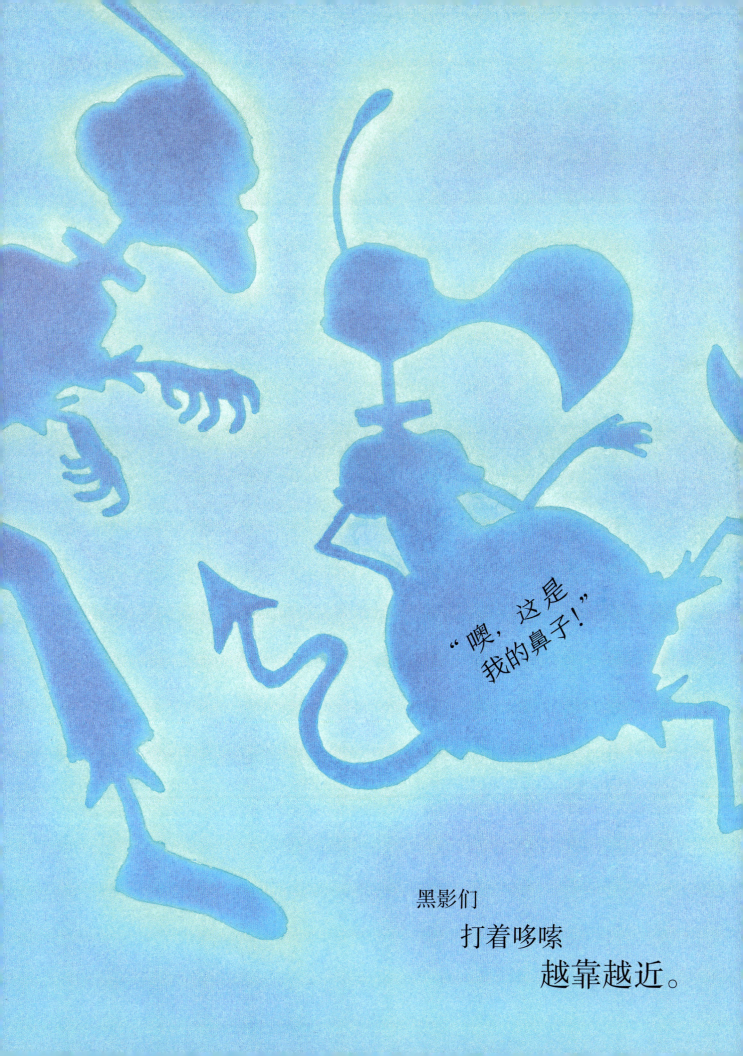

突然，一只潮乎乎的手抓住了波波手里的书。

一切发生得太快了，波波还没反应过来，她紧紧地

拽着手里的书，和那本书一起被猛地拉到了空中！

"我拿到了！" 一个声音尖叫起来。

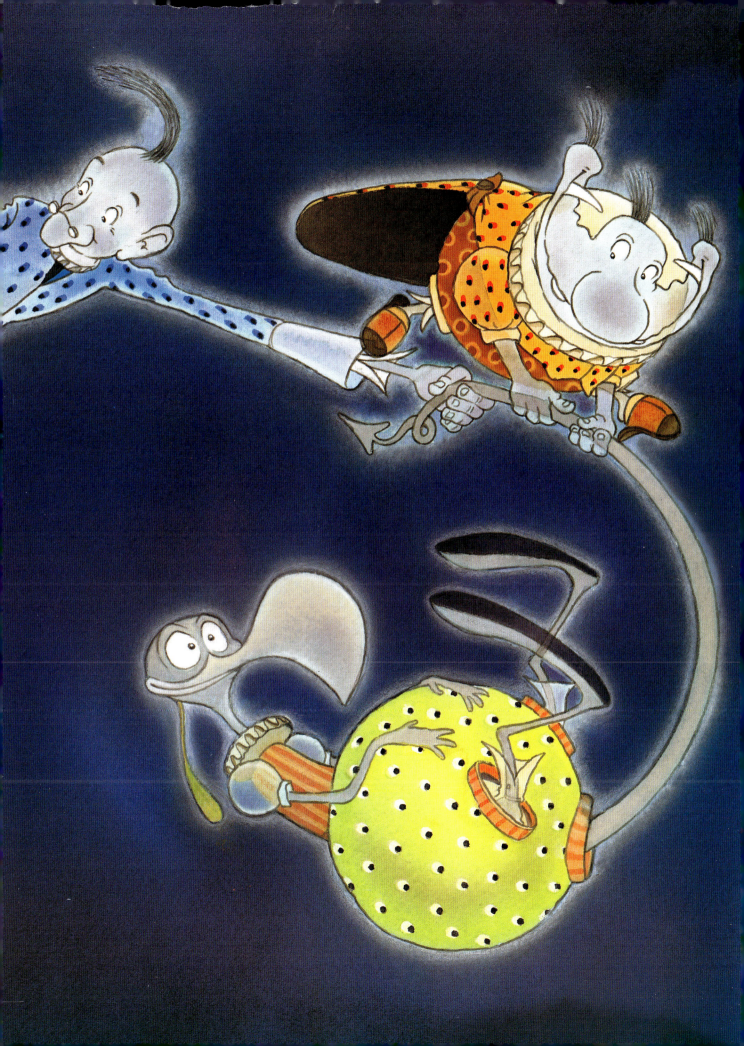

波波紧紧地闭着眼睛，牢牢地拽着那本书，害怕掉下去

所以，她压根儿不知道自己是怎么穿过卧室的墙壁，
来到外面的夜空，最后抵达一座高塔的——
你知道吗，五分钟之前，这里根本没有什么高塔！

等到波波反应过来，她发现自己来到了……

图书馆

"我一定是在做梦。"波波心想。

她可从来没有见过什么幽灵，她不止一次想象过幽灵的样子——

不过，绝对和她面前的这三个家伙不一样！

"呃……你好。"高个子说，

"我叫书虫。"

"我叫傻个儿。"另一个声音说，

他绕着波波的脑袋飘来飘去。

"我是泥坑。"波波的脚边冒出了第三个声音，

"这真是个惊喜，欢迎来到幽灵图书馆。"

"惊喜？"波波问，
"不是你们把我带到这儿来的吗？"

"嗯……没错。"书虫看上去有点儿不自在。
"其实，我们只想要你手里的书，可你就是不松手，
所以……你也被我们带到这里来了。"
说话的时候，他还用力拽了拽波波手里的书。

"我们到处找书放进我们的图书馆里。"傻个儿说。

波波仰头看了看书架，"可这里连一本书也没有啊！"

"你们就是想偷我的书。"波波生气地说。

"噢，不对不对。"泥坑连忙解释，
"我们不是小偷。我们没有自己的书，才想拿孩子的书来看看，
等我们读完几遍，就……就会还回去的！"

他们看上去有点儿伤心，书虫安静得出奇。

"我们来听故事吧！"傻个儿飞快地提议道。
他们三个都看着波波。

"你们想让我给你们读个故事？"波波问。

"是啊，都到这儿了，读个故事刚刚好！"他们说。

"故事时间到！"
傻个儿兴奋地尖叫。

突然，波波感受到一股巨大的气流，
幽灵们一个接一个飞进图书馆，坐在一格又一格书架上。

幽灵一看到波波，就兴奋地议论个不停。

"天呐，这是谁？"

"不知道，不过希望她能给我们讲个好听的故事！"

终于，叽叽喳喳的声音停了，整个图书馆安静极了。
大家静静地等着故事开始。

波波舒了口气，坐了下来，开始读她那本关于女巫的书。

"很久很久以前，在一个黑暗的洞穴里，住着一个女
巫。糟糕的是，女巫的双脚臭气熏天，她的猫不得不用
夹子夹住鼻子。可是，这样一来，它呼吸就很困难……"

"……最后，只要她一直穿着靴子，
就再也闻不到脚臭了！"

波波合上书。

幽灵们听得都入了迷。

"哇，这个故事真棒！"他们说，"再给我们讲一个吧！"

"不不不，"波波说，"现在轮到你们了。
为什么你们不给我讲个故事呢？"

"噢，我们讲不好。"幽灵们的脸唰地红了起来。

"我们一个故事也不会讲。"书虫说。

"所以我们才到处借书。我们喜欢收集故事书。"

"你们可以自己编故事啊，喜欢什么样的就编什么样的。
看看你们的身边，故事无处不在！"波波说。

傻个儿看了看自己的口袋，又瞥了一眼泥坑的。
他们全都开始找了起来。

"不对不对，不是这样找的！"波波笑着说，
"我来帮你们，我们一起来分享好点子吧！"

幽灵们高兴极了，他们立刻大声说出了自己的点子。

"这里肯定有很多很多幽灵，他们发出各种各样可怕的声音！"

"还有神秘又可怕的影子！"

"他们长着斗鸡眼，呼吸的声音很小很小！"

"没错！"波波叫道，"我们一起来讲个

幽灵图书馆的故事！"

所有的幽灵都认为波波最会讲故事，

因为她总能在最恰当的地方变出最有趣的声音。

于是，大家安静下来，听波波讲属于他们自己的故事：

　　"在一个潮湿又阴森的夜晚，三个收集故事书的幽灵悄悄地
来到一个叫波波的小女孩的卧室……"

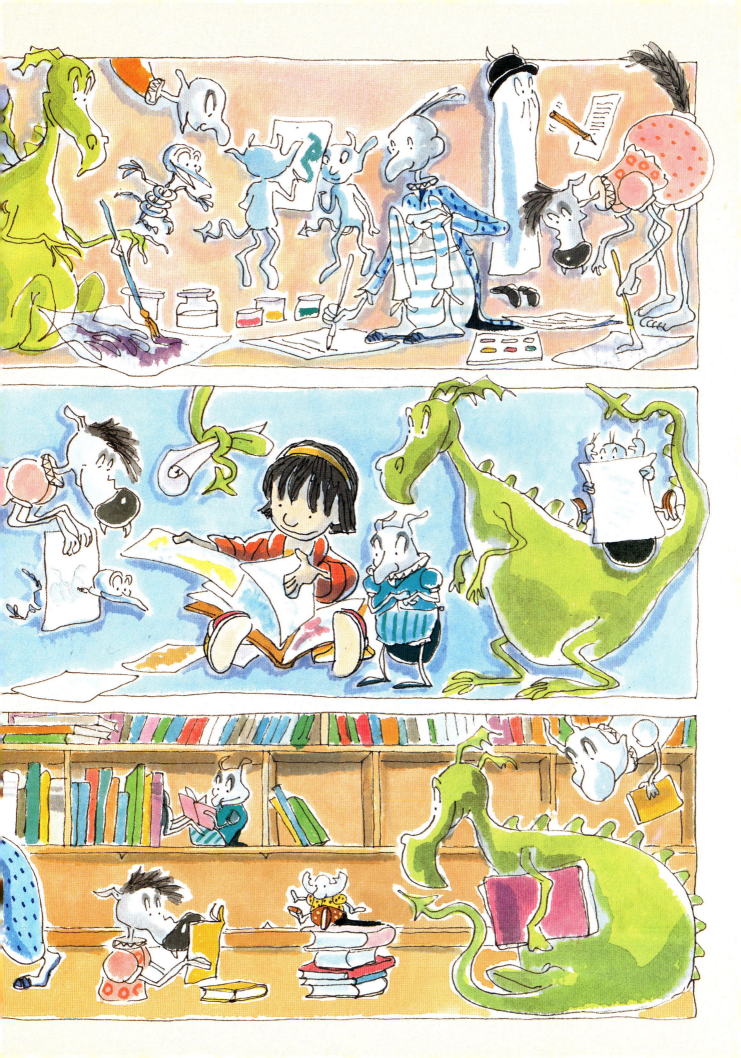

"……现在，幽灵图书馆里面已经有数不清的故事了。

这些故事大部分都和幽灵有关，不过，要是你够仔细，
也会发现一个不一样的故事——关于一个女巫、一只猫和
一个夹子。"

波波回到家的时候，
发现枕头下面有一张小小的卡片。

卡片上用银色墨水写的小字，一个个像在跳舞：

送给最好的朋友！
——幽灵图书馆所有成员

现在，有时候波波去幽灵图书馆玩，
有时候幽灵们也会来找波波玩。

不管在哪里，大家都坚持让波波来讲故事……
没错，在最恰当的地方变出最有趣的声音！